文学之都
未来诗空

止酒

育邦 著

江苏凤凰文艺出版社

图书在版编目（CIP）数据

止酒 / 育邦著. -- 南京 : 江苏凤凰文艺出版社，
2023.1
（文学之都·未来诗空）
ISBN 978-7-5594-7235-9

Ⅰ.①止… Ⅱ.①育… Ⅲ.①诗集-中国-当代
Ⅳ.①I227

中国版本图书馆 CIP 数据核字 (2022) 第 203238 号

止　酒

育　邦　著

出 版 人　张在健
选题策划　于奎潮　陈　武
责任编辑　孙楚楚
特约编辑　秦国娟
责任印制　刘　巍
出版发行　江苏凤凰文艺出版社
　　　　　南京市中央路 165 号，邮编：210009
出版社网址　http://www.jswenyi.com
印　　刷　三河市华东印刷有限公司
开　　本　880 毫米 × 1230 毫米　1/32
印　　张　5.875
字　　数　114 千字
版　　次　2023 年 1 月第 1 版
印　　次　2023 年 1 月第 1 次印刷
标准书号　ISBN 978-7-5594-7235-9
定　　价　48.00 元

江苏凤凰文艺版图书凡印刷、装订错误，可向出版社调换，联系电话 025 - 83280257

目录 止酒
contents

第一辑　从未停滞的钟摆

002 | 豹　隐
004 | 草木深
006 | 晨起读苏轼
008 | 良　夜
010 | 停　云
011 | 嵇　康
012 | 过元好问墓
014 | 栽　柏
016 | 金圣叹
018 | 采　菊
020 | 吴敬梓

021	路德维希·维特根斯坦
023	勒内·夏尔
025	叶小鸾
027	阿斯加
028	致东荡子
029	纪念文瑜先生
031	悼孝阳
032	都灵之马
034	空　亭
035	访李公麟之龙眠山庄
037	橄榄树
039	访蒲松龄故居
041	东梓关

第二辑　你爱过这世界

044	忘筌山居
046	无须应答
048	扬州慢
050	司空山
052	卢舍那大佛
054	夜访鸠摩罗什寺
055	鸽　岛

056	两个场景
057	修　枝
059	大运河
061	甘棠镇
063	太　湖
064	稻　河
066	白鹿山
068	庭　院
069	过西南联大旧址
071	金阁寺
073	唐招提寺
075	过梅山铁矿
076	莫奈花园
078	种下一棵山楂树……
080	桃花涧
082	花中少年
083	雷峰塔
085	家族史
087	天仙配
088	巴黎圣母院
089	多年以后
091	天山骑手
093	家国来信

094	余　晖
095	见　证
096	灯　塔
098	白　鹳
099	回　家
100	院　子
101	庵　桥
102	过郏县三苏坟，兼致山羊胡子
103	过龙苴古城遗址
105	姑苏见
107	麦　田
108	我们献出双脚……
109	故黄河
111	乡村学堂
112	夏牧场
113	钉马掌
114	杂　竹
115	黄河入海口
117	一封信
118	在雅安
119	封门青
120	晨　曲
121	震　泽

123 | 完美世界

第三辑　看不见的客人

126 | 离　歌
127 | 对　饮
129 | 请　求
130 | 烛　光
131 | 梦　蝶
132 | 止　酒
134 | 操　场
135 | 云中鸟
136 | 最快修复的
138 | 我认出了我的一位父亲
140 | 夏　日
141 | 春之祭
143 | 无　题
144 | 日暮颂歌
145 | 祝英台
147 | 清　贫
149 | 弹钢琴的人
150 | 秋　词
152 | 雨　燕

153	我的朋友彼得·潘
155	给伟哥
156	凝视的谷物
158	山鲁佐德
159	七场大雪
161	海　边
162	牧鱼者
163	然而……
164	当春天来时……
165	姊　妹
166	归　来
168	脚　注
169	说　话
170	大　水
172	阵　雨
174	花冠缄默……
175	告　别
176	冬　天
177	回家之路
178	寂静邮局

第一辑

从未停滞的钟摆

豹　隐
　　——读陈寅恪先生

万人如海，万鸦藏林
瞎眼的老人，困守在墙角
独自吃着蛤蜊，连同黑色的污泥
几瓣残梅，从风雪中飘落
劝慰早已没有泪水的双眼

愤怒的彗星燃烧起来
冰川化为虚无的云朵
尘埃与岩石匍匐在轰鸣之中
抱守隐秘的心脏，从未停滞的钟摆
低声哼唱青春的挽歌
坠落的松果，指引他
骑上白马，驰向大海

树木，高山，种子
抛弃根茎，静候

纯粹时刻的到来
严峻的墓地,他葬下
父母漂泊已久的骨灰
和一张安静的书桌——
仅仅属于他自己

负气一生,山河已破碎
他从茫茫雪地里,拾起
一瓣来自他乡的梅花
在历史的纤维云团中
蘸着自己的鲜血
磨砺时光的铁砧
火的深处,正生长出
一个浩瀚的星座

寂静的夕阳,最后的悲悯
赋予毁灭以光芒
故乡的花冠开始歌唱
辽远的歌声中,他辨认出
自己的童年,以及
秦淮河中柳如是的倒影

草木深

——兼致杜甫

大江中,你的眼泪在翻滚。
失落的火焰,在水的呜呜中燃烧。

万壑沉默的额头,契刻
你黯淡的戎马,你熄灭的烽火。

迟暮时刻,你退隐到栎树上,
夺取帝国的草木之心。

你棕色的瞳孔,倒映着
山河故人,骷髅与鲜花的道路。

纸做的白马,你的孤舟,
缓缓穿行其间。时而停下。

浊酒之杯,放下又举起。

每一片树叶,从高处凋零。

哀愁的祭坛,一朵停云。
在头顶上徘徊,从未离去。

你从渺小的群山走出来,一直走,
一直走,走到永久那么久。

晨起读苏轼

在时光的溃败中
我们拈花,饮酒
在玉兰花的花瓣上
你写下诗句
有时,你也会写一封信
与草木交谈,用行草书写我们的梦境

雪泥鸿爪,不确定的人生
接骨木的战栗黄昏
你徘徊在蝶梦山丘中
月魄与海水,涌起相对论的秘密

溪流穿过生命的每一个时刻
风从海上来,带来你自身的悖论
无处安心的居士,在他者的故土上
漂泊,没有过去,也没有未来

看不见的客人曾经来过
而你,不得不向
这沉默的河山,归还
借来的每一粒尘埃

你手持虎凤蝶,被钉在十字架上
哦,纳博科夫的虹膜里倒映着一个诗人的葬礼
在时间的灰烬中,我们共同举杯
饮下朝云,最后一杯梅花酒

良 夜

——致屈原

<blockquote>
表独立兮山之上。

——《楚辞·山鬼》
</blockquote>

香草搭建的坟墓,
在山鬼的微笑中漂浮,
从汨罗江到洞庭湖。
为了抵抗时间,
你从白水逆流而上,
抵达冰山之巅。

你湿透了的峨冠,
你湿透了的虹膜。
酒,水,绝望,
已无从辨别。
你吞下秋菊,
骑上黑色的骏马,

最后一次，跨过
时光的栅栏。

白雪，琼浆，诗句，
在空中飞舞。
你那熄灭的国度，
在烈火中，在流水里，
在你蛾眉的祭坛。

无处安放的颅骨，
疾驰的彗星。
你听到砾石在歌唱，
黎明的喉咙里，没有
人的声音。

你是你白色的良夜，
并与它融为一体。
你是你盛开的鲜花，
在汨罗江中奔腾。
坠落。流逝。

停 云
——拟陶渊明而作

青春的河流穿越碎石山谷
菊花芬芳,梧桐寂静

被废黜的星辰,面壁
领悟迷雾中的卷耳

写满生活教义的信笺
砌筑鼹鼠的洞穴

火苗,琴弦与涩果
在风信子的国度里腐烂

孩子们踮起脚尖
凝望星空,蓬蒿正在天上舞蹈

嵇 康

你在柳荫下打铁,
锻铸黑色沉默的部分。
微暗的竹林,从尘土中生长出
不可理解的美,你唯一的骄傲。
送冰的人,理解毁灭者。
来了,又走了。

锤子,从空中落下去。
薄暮中,火花在绽放。
你的瞳孔,漫长的黑夜之泉。
涌流出杀人的真理,
世界的确定性。哦,是的,
那是为你准备的送行酒。

血的琴弦,在暮雪中振响。
万壑松风,无有哀乐。

过元好问墓

遗山。雁冢。
梓树的乡愁。
荚果悬挂在风雨中,
站在村口的男孩,
手提着木偶。

国槐斜逸,墓穴炸裂开来。
一种滑稽的舞蹈。
他看到了归宿,
自我循环的恶作剧。

死亡带来的秩序亦如从前。
他的形体,空中燃烧的词语,
在苍白的时光中哭泣。
时代的孤儿,唯一的艺术家。
你歌唱了一个怎样的自我。

哦,不过是失败的真理!
请点燃一把火,
烧掉那木偶……

栽　柏

——过方孝孺墓

我栽下一棵柏树
用有限的鲜血，浇灌
祭坛中的迂拙——
生命中险峻的潮汐
六月里沉默的玫瑰

我堕落的口舌
渴求鼎镬，缥缈的荣耀
刽子手吹灭闪烁的明灯
在没有黎明的聚宝山
守护尘土黑暗的秘密

我脱下我的帽子
梦见大江，升起
我高贵的子嗣
正穿越大地的面纱

从人世的剩骨中，品尝
清凉，死亡的欲望

金圣叹

月光晶莹，草木如洗
他提灯夜行，走在幽暗森林里
瞳孔里闪烁着棕红色的火光
头顶盘旋着一只俯视尘世的雄鹰
而野兽，一直尾随其后

神秘的扶乩大师，他从另外一个世界
背回一块块巨石，把它们
熔炼为亡灵的一行行诗句
以纯粹的心灵，作为法器
往返于生与死的河岸
哦，他倦于成为
崩塌山丘的祭司

命运的隐遁术，玫瑰开放的奥秘
否认他的存在，流水亦遽然停滞
他把自己献祭于冷酷的土地

不可抗拒的天赋之夜,他在湖边徘徊
纵身一跃,就进入浩渺的时光中
重返洁净,融于尘埃与雨水的更替——
那条循环往复的不归之路

采 菊

——读石涛

也许该挥手道别,也许该悄然啜泣
你的双眼幽冥澄澈

闪烁着侘寂之光
山河旧梦,在其中明灭

从有限的大悲哀与大羞耻中
你萃取了世界的普遍性

当你注视这世界
石头便开始歌唱

你所构建的微弱平衡
来自自我忏悔与必然的溃败

秋天来临,你采撷一朵菊花
作为隐秘的星辰,贴上脸庞

吴敬梓

七弦琴,腹怀虚弱的空明,在风雨中漫步。
昨天的手指奏响今天的旋律。

我们摘下瓜果,放在空地上。
谁也不想吃……

我们与空坛子交换童年的星光,
蓓蕾照亮故国的床铺,空空荡荡。

黑色的手掌伸出来,洁净如水。
向黎明交出一枚松果,悲剧的隐喻。

蓝莲花在脏水里开放,广陵散从容自鸣。
饥饿艺术家在喧嚣的尘土中歌唱。

路德维希·维特根斯坦

作为单数的人类,你深陷于
一九一八。午后,
死亡,像雪花一样飘舞。
时间之外的骑手,驰过雪地。
重复的梦魇。
你用愚蠢的笔,
建造一座孤岛。

一望无垠,尘世的海水……
淹没砾石的爱与坚贞。
移动的坛子,装满欲望,
病毒,壕沟,以及墓碑。
在战俘营,你写下罪恶。

主啊,请宽宥肉体的软弱吧!
无数的眼睑,在黎明前熄灭。

比凛冬更残酷的……"精神的存在"。

真理星辰,孤悬在寥廓的夜幕上。

第二天,你与上帝一同醒来。

掘墓人充满劳绩,停下铁锹。

绿色虹膜中,正飞出一群鸽子。

勒内·夏尔

黎明前
普罗旺斯的游击队长
跨上白马,携带年轻的箭镞
穿过尖刻花园,此刻
奴颜的桤木开出艳丽的花朵
恶狗刻耳柏洛斯紧追不舍

他进入火的享殿
献上颅骨、龋齿和隐逸之水
祭祀游荡的亡灵
与时间的暴君

作为寂静的搬运工
他拒绝歌唱,拒绝写下诗篇
他把舌头深藏在火山熔岩之下
沉默的淬火匠人

在微凉的季节,创世纪
收获星辰森林

叶小鸾

——过午梦堂遗址，兼呈苏野

叶家埭，砌在猪圈上的石头
隐现江湖的哭泣，故国的祈祷
一页连着一页，人世与水的卷宗
风裘雨钵，三百年来一成不变
你的梅花依旧恪守着季节的律令
在午夜的睡梦中栖息，开放
那个用纯洁编织花环的小女孩
在琼花之镜中，看到了心中的林壑
烟霞升起的地方即是她的归宿
十七岁的某一天，暮雪降落
为了抵抗丘比特之箭，她打开
盛满青春奥秘的小盒子
——哦，它就是死亡本身
她怀抱汾湖石，沉入命运的湖底
沉默的码头，俯伏的旗杆石
散发着时光干草的味道

午后，果核收集者
走过颓垣废井，走过瓜棚
取出一滴血，滴在水面上
看啦，云朵与鲜花的废墟间
升起一位永恒的少女

阿斯加

——怀念荡子

你骑上棕色大马,
向大海的深处走去。

与波涛倾心交谈……
与海豚沉默对饮……

你摘下无数星辰,
把它们藏在你的水桶里。

你抓起一把盐,
扔向饥馑的岸边。

我们在阿斯加尖刻的眼眸中,
辨认出你,哦,亲爱的朋友。

致东荡子

我想起你四十九岁的暮年
去年的雪不在今年下

瞧,我们白菊的脸庞
飞出黑蝙蝠的女儿

大海埋藏岁月的幽愤
你的胡子仍高傲地翘向星空

纪念文瑜先生

请饮下最后一杯烧春酒,
在这美丽慌张的人间。
说再见吧,朋友,
是时候了,沧浪亭
正从风雪的峭壁中升起。

妈妈长舒一口气,
安闲,如一株梅花,
一直站在雾积峡谷,
等着你,等着你孩童的微笑。

你带走江南的一块湖石,
你咯咯大笑的初冬。
你带走妈妈送给你的草帽,
你隐匿湿润的太湖。

青春祈祷书,纸上的园林。

舌尖上降下雨花，洗涤
青石弄的烟尘。
哦，朋友，请撕下那一页，
唯一的扇面，它只属于你自己。
那是你的大海，无数的浪花，
如鲜花与星辰，次第开放，
他们都是你亲密的朋友，
以及亲爱的子孙。

悼孝阳

黎明后，我认不出你
暮年的雪燃烧在青春的人间

年轻的悬崖，曾经撒下的种子
正开出迷幻的花朵，如你静止的微笑

彗星的坚冰化作最后的火焰
宣告你沉默王国的诞生

雪花与文字，在尘埃中飞舞
给予旅人以另外的补偿

你褐色的瞳孔，跃出洁白的海豚
众生的迷宫中，我认出了你

都灵之马
——致敬贝拉·塔尔

灯油已燃尽。
马车夫朱塞佩,
用残破之唇,去吻
最后一个土豆。
然后对女儿说,
"你必须吃。"

墓碑上长出眼睛。
弗里德里希·尼采,抱着
被鞭笞的都灵之马,
无声啜泣。他说,
"妈妈,我真傻。"
腐烂的玫瑰,
散落一地。

天使遗失谜语。

未安葬的马在深夜复活。
春雪燃烧起来，
没到第七日，
上帝就死了。
她从美丽的水面来，
坐到贫瘠的松树下，
唱起属于她的
蓝色的歌。

空 亭
——为倪云林而作

苔藓开出盲目的花朵,
这熄灭的人间烟火。

流水,荒汀,寒林,
超越贞洁的尘埃,飞向天空。

你如黛的笔下有冰霜,也有微雪。
穿过漫漫寒夜,倾听石头的歌唱。

淡紫色的楝花,在寂寞中眺望。
狂雪中,你建起一座空亭。

访李公麟之龙眠山庄

苔藓花朵守护着孤独的母亲
修葺过的老屋放弃虫豸与死亡
从京城到龙眠山的路
只有一条,让你成为你自己

映山红开时
你捡起一叶垂云沜的落絮
春山之瓮的回响
催促你到溪边汲水

曾经有两种不同的睡眠
此后只有一种,你从鸟鸣中醒来
白描的野马嘶鸣,山果在寂静中坠落
我们听到宣纸上的樵歌

伴随白发河流而来的智慧
引领你的心灵驰向

那局促而又无限的少年时光

朴树下,你再次遇到你的少女

橄榄树

——过定海三毛祖居地,为三毛而作

群山静穆,如舟自横
浪花开辟通往故乡的小径

海面明灭,升起一位红衣少女
小沙的晦暝时刻,你种下一棵橄榄树

从千山万水中
你盗取寂静的火焰

启明星,升起又落下
你独自品尝海水的滋味

爱人沉入水底,你唯有倾听自己
撒哈拉的沙子在午夜鸣响

云影残破,你不再言语
走向海上墓地,最后的家园

访蒲松龄故居

——给马累

月光透过窗棂,照见隐藏的梅花
它为你的青春流尽最后一滴血

"咯咯"的笑声,黑夜的慰藉
从大槐树的枝叶间飘落下来

草径,迷宫,鲜花的屈辱牢笼
聊斋内,你书写永恒的失败纪念碑

被遗弃的人,起身挑灯,凝视
这尘世的画皮,鬼魅王国的邮戳

我们对着自己的影子饮酒
柳泉漫溢的泪水,清凉依旧

我们把双手举在夜空中,徒劳地舞动
伸向那些根本就够不着的水果

东梓关

——纪念郁达夫先生在此居住的一个夜晚

隔岸的群山,站在
我们的生活之外
梓花开时,那只白鹭
从富春江上飞回来
秋风沉醉的晚上
果荚带来妈妈的问候

大梦初醒,咯血的黄昏
药石与山川祛除不了宿疾

木芙蓉在黑夜里绽放
青霜指向永不停歇的江水
你沉默的少女,在微茫的晨曦中
燃烧——向你走来

头顶苍老的星辰

你留下一张字条
从瓦松反射的光芒中
重返喧嚣

青石板上,清瘦少年
藏匿在蚂蚁的阴影里
你大雾弥漫的心中
便结满了无患子

第二辑

你爱过这世界

忘筌山居

瓦罐裂缝了
而其中的鸢尾
开花了
花是蓝色的

石臼里有水
印着春山的面容
还有挤着肩膀
向上生长的茨菰

枇杷是八年前栽下的
艰难的春天
它第一次结果
结了八九个果子

窗户下的南天竹
已树影婆娑

那是我的朋友
在七年前种下的

湖石从不说谎
像我的朋友臧北一样
蹲在地上
脸上长出一棵蛇床

我们去山中
挖来一棵小雀梅
它也安家落户了
就像迷路的孩子
走回了家

无须应答

——为臧北诗集《无须应答》而作

哦,雷贝卡!
你爱过玫瑰,爱过这世界。
吃土,是你的禀赋,
你沉默的景观。

哦,雷贝卡!
黑色镜子中,你看到你自己:
木偶,稻草人,白雪公主
……四月上升的火苗。

一个邮差,从庭院前走过,
敲了敲门板。
哦,雷贝卡,你无须应答。
你女王般的贫穷,坚守着泥砌的围墙。

洁白的布匹,如浮云蔽日。

哦，雷贝卡！
你踮起脚尖，在尘埃中跳舞。
情人残骸，罂粟的芬芳……

满载冰与火的虚舟，在你有限的光中漂浮。
哦，雷贝卡！你"像犀牛角一样独自游荡"，
这是你最后的隐喻，贞洁的坟墓。

扬州慢

流水修剪你古老的容颜
迷恋骸骨的人从琼花下走过
越过层层叠加的历史菌菇
我们翘首眺望
苍白的祖先们围坐在井栏旁

苔藓保持警觉
肾蕨从水镜中提取尘烟
带翼山民负琴而出
广陵散，血染的云朵
迷离于巷间之间
抱薪者点燃微暗之光
——一次性的火苗
只为他自己

在水的黑夜中
我们凿穿火焰

在小夜灯的指引下
我们沿鲜花木梯向天空攀爬
偶尔回过头,俯视河岸

司空山

立雪人，沉默寡言
从贫乏的雪夜出发
拨开尘埃与人群
穿过空地，麻栎林

枫杨的树杈指向天空
槲寄生开出米黄色的花朵
思空者跨过卷篷桥
走向群山，走向暮年

月出空山，风从云中来
司空山上，他卸下衣钵
两手空空，心亦不再思空
野马飞越真理与存在的争辩

大千世界，十万生灵
在手掌间流进流出

冶溪两岸，鲜花怒放
此岸彼岸，已无分别

卢舍那大佛

——呈风华、臧北、苏野

我们有一座秘密花园
长满了命运各异的玫瑰

来历不明的山峰
成为一座座信仰的棺椁

来历不明的星辰
走散在寥廓的夜晚

时间毫不留情地殄灭帝国
同时留下伟大作品来证明

帝国的情人伫立在龙门山
绚烂的玫瑰死于红斑狼疮

伊河匆匆，从历史深处汩汩流出

倒映着少女瞳孔中羞赧的微光

当我们爱上一块巨大的石头
轮回而至的命运与从天而降的黑暗就将我们团团围住

夜访鸠摩罗什寺

我从西方来
我从喧嚣中来

夜雨滴落在梧桐树叶上
在汉语中,我安下一座隐秘的家

薪火只能摧毁我们的形骸
舌头终将化为舍利

我们成为自己的供奉人
供奉舌,供奉语言

不可言说的
皆密封于塔,深埋于地

无所住心者
在塔下徘徊

鸽　岛

童贞在大海的眼眸中闪烁。
你从窗帘的后面,偷窥鸽子窝,
阴郁高傲,预测生死的海的祭司。
星辰微凉,一面面死亡之镜,
与海面平行,照见了我们。
我们聆听金合欢的黄昏,
无止境地自我赞美……

永恒的赞歌,可能的美学,
充盈着鸽子的心脏。
你踩着高跷,在海的迷宫中舞蹈。
夜晚的鸽岛,成为一具开满鲜花的棺椁。
散发出墓地的芬芳,抚慰着悲哀的玫瑰。
哦,又是一个七月。
一个令人绝望的启示。

两个场景

土地测量员,走过
隐形的拱门
从溃败的青春矿石中
赎回一朵带刺的玫瑰

锡兵飞向火炉
爱的薪材化身为黑炭
湮灭的身躯,生出溪流
——寂静的泪川

修　枝

从冬季遗留下来的废墟中
升起延绵的群山，晦暝的天地
吻过女儿，我打开栅栏
用锯子，锯掉枯枝
用剪刀，修掉败叶
哦，那棵青枫树
好像要御风绝尘
飞出我的庭院

一朵云，从我的头顶上经过
它这一日，一年，一生
划过天空的四季，与一个人一样
终会成为雨水，降落下来
或者变为水汽，消失得无影无踪
成为参与循环的废物
化为禁欲般的黑暗

在我顾影自怜的眼眸中

寂静燃烧的树林,依稀可见

大运河

借助风与水,我们
从南方向北方运送
狮子,与犀牛角。

当然,也运送
阳光,沉默的盐,
以及不断消逝的雪花。

黑暗从未驻足,
在河面上行走千年。
从清河县码头到武松墓前。

他从绸缎下,拿起
那本尚未完成的小说。
写下欲望,迷楼……
琼花如昙花般的幻灭。

帝国的血脉,闭合之环。
升起烟霞与雾霾。
他走出船舱,饮下
最后一杯烈酒。

甘棠镇

小诗如秋菊。

——苏轼

我们在甘棠树下小憩,
世俗的烟尘从湖面上飘来。
我们在甘棠树下睡去,
片面的死亡,如苔花,
在我们的身体里开放。

斗牛之间,隐藏着黑洞,
苏东坡和他的朋友们,正在书写
命运,春酒,梦境,
以及一次性的符箓。

檐梁朽烂,铁钉依旧深陷其中。
雨中的码头,有人在弯腰洗菜。
斗野亭外,月亮与朝露,

试图定义莲花与狐尾藻。

铁牛在迁徙的流水中沉睡,
接受白云与蝶影的馈赠。
水的舌头,寂寂拍打堤岸,
阅读运河古卷的无尽轮回。

太 湖

湖水浩渺
独享无遮的奥秘
苍鹭,携带头颅中的光
飞越水与火的三月
羽翼之谜,孤独的疑问
高悬着湖神的眷顾

金色山丘,堆在月亮的梦中
赞美迟暮的春天
收割芦苇的人走了
搬梯子的人,站在路灯下
眺望远方的群山
也许,他会想起
一个人,或一朵花

稻　河

离开稻河，时光争辩者
走向各自错误的水路。
否定的小径，臣服于
涌向明天的暗流。

他头戴纸糊的帽子，
回到没有父亲的故乡。
烧盐炒茶。
在夕阳中沉睡。

霸王别姬，迷雾中的艺术。
挥动着被诅咒的水袖，
在男人与女人的身体进进出出。
一种羞怯平衡，
历史皱褶里的美学。

微醺的呼愁，在晨曦中升起。

格物者卸下戏装。

父亲正在稻田里奔跑。

白鹿山
——过义马鸿庆寺

白鹿山下，每一天
都如同黄昏
时间里的傻瓜
端坐到洞穴中修行

他们拖着没有头颅的身躯
在清贫的人间走来走去
围观的人群散去
村子，一个人也没有
灰狗在阳光下睡着了
正在品尝梦中的珍馐

人们出去，又回来
在暴风雨的驱使下，他们
摧毁自以为是的偶像
然后……嫌弃地走开

过去的石头，麇集的美梦
在一片虚无的呐喊声中
走向尘土，一代又一代人
在五月的烛光中，重回黄昏

庭　院

蜜蜂，置身于羞怯的忍冬花蕊中
在写诗
我们走过老鼠走过的小径
寻找流失的盐
柴火与谷物

庭院，悲悯洁净
飘荡着花朵的鬼魂
树桩下的文化层已无从辨认
曾经的青春胴体已失去釉色
当我们闭上眼
就听到停云流水的声音
哦，只有微笑
才能叫沉默的世界
吐出骷髅般的秘密

过西南联大旧址

妈妈的泪痕,沉默的战争修辞。
我们在炮火与丛林中肄业。

鲜血,石头,面包……
合欢树静默,倦怠的午后。
西山的茅屋中,
依然有一碗普洱茶。
诗人赞美的土地与野花,
依然在耻辱中游荡。

我们越过树梢,
在天空博物馆中,聆听
民族弦歌的低声部,
那么忧伤,那么晦暗。

匍匐的人们在群山中歌唱。

唯一的时刻，多么真切。

注：诗人，指从西南联大毕业的诗人穆旦。

金阁寺

山坳间，传来一声鸦啼，
悲悯的镜湖，映照着
毁灭的征兆。
锯末子被雨水淋湿，
散发着寂寞人世的气味。
小金铃在山风中，
隐隐响动起来。
站在最高光芒中的金凤凰，
连接梦幻的金阁与无明的长夜。
蜜蜂与清酒的黑夜，
迎来金阁的暧昧时刻，
无法指认的美，献出嫉妒
——最后的骄傲。

你盲目的金阁之夜，
你燃烧的寂静国度。
虚无，美的结构与真理，

在稻草点燃的烈火中飞升。
黑暗之心，谦逊地后退，
化作隐身的情人，
劝慰你无法确定的青春。
那些不可摧毁的，
与尘埃聚合，
在烛光中重建。
熹微中，金阁
从你的眼睛中
切开蔚蓝色的水面。
如同一切不真实的时辰。

唐招提寺

——谒鉴真大师

你倚着黑夜,融进黑暗
明月同天,从扬州到奈良
樱花,在美中死去
琼花,在自性中寂灭

世界已暗淡
你的内心一片澄澈
被遗忘的戒坛上,安放着
青梅,山水梨,与蜀冈的清风

墓碑,长出一双眼睛
寂漠的瞳孔里闪烁着梦幻泡影
尘世中的母亲,在微暗的灯光下
正拨动扬子江的琴弦

春夜飞雪,在大海的边缘

涌动着祈祷者的烈火

你，看不见

我，看不见

过梅山铁矿

黑暗中,我们看到一面镜子。
信号灯,让往事折叠成河流。

黑色奇迹把生活的残渣拈筛出去,
不见阳光的花朵,荷尔蒙快速散去……

我们摒弃自己丑陋的形体,
投身于火,投身于虚无。

哦,淬火的匠人,从幽蓝的纯粹中,
萃取出雪花,短剑,和一首小诗。

莫奈花园

在莫奈花园,我们折断羽翼,
度过一个赤裸春天。

林间散射出光束,寂静的画笔。
桤木的阴影下,少女们如风一样走过。

浮云放慢忧伤的脚步,
在不可触摸的美中降落。

纯粹与光线,超越时光的慈悲。
烟霞之中,隐藏着对万物的辞让。

谁还记得死亡流水线?没人回答。
水滴在睡莲的叶片上酣睡。

吉维尼的阳光,从泥土中获得纯洁的茎秆,
……摧毁黑夜。

印象果园，敞开一扇大门，
还有一条通往远方的路。

种下一棵山楂树……

那座城,
樱花深处的水族馆。
没有声响,鱼儿
静静地游弋。
在天上飞。
在睡眠中走。

春天,我们贫贱的标志。
迟迟没有到来。

长江。溪流。云影。
轮船。燧石。彼岸。

结晶的日子,是苦的。
来吧,来吧!
与我们一道!
夜间动物的召唤。

种下一棵山楂树。
我们单数的人类，
低于植物，低于
匿名的心灵。

桃花涧

迷路的天使
在火焰的簇拥下
降落在桃花涧

世界黯淡下来
他躺进石棺中
红色陶钵覆盖在眼睑上
底部,有一个小孔

灵魂,春天的蝴蝶
自由进出这无限敞开的小门
携带着海浪和桃花

在彗星的照耀下
头插羽毛的天神
从睡眠中,将他唤醒

他忘记前世
刻下星象、牛羊与禾苗
那是他被贬为凡人的标志

花中少年

我们坐在祖父的柳树下,
绘制一朵忧郁的青花。
花中少年在岸边散步,
不可辨认的河流引领他进入自我,
确固自己的影子,行云里的树叶。

一个黑夜雷同于另一个黑夜,
松果菊取下帽子,不再隐藏,
螽斯还在哼唱祖先留下的歌谣。

面包,青花瓷,黑土地……
没有什么是赝品,形与影的变幻。
永不褪色的赤裸时代。

我们微笑,在雪夜登船。
从襄河,到秦淮河。

雷峰塔

众生祈祷,如水漫金山。
十字架下的钵盂,迟暮的权柄,
覆盖了法海和尚的狂躁。

黄夜,我们从传说中奔突出来。
只为从雷峰塔下偷走一块砖。
鲜血染红了西湖……

东方既白,撒迦利亚的血已凝固。
孩子的头上长出拯救的角。
如你所愿,雷峰塔终于倒掉了。

和尚不去念经,塔又重建。
白蛇展开双翼,飞向更深的黑暗,
——循环而至的巨石。

雷峰塔下,偷砖的人
用煤渣洗脸……

家族史

布谷鸟的召唤,占据
寂寥天空。

看不见的祖父,躺在玉米地,
倾听大海的涛声。他梦到一场雪,
梦到一个失踪的人,一个
跟他长得一模一样的人。

荆棘连着长夜,向日葵
隐退在晨光中。
天地归零,
日晷是多余的。
他高迈鹤腿,穿行在
绿色的罅隙与激流之间。

流星低吟,漫长的黑夜。
他知晓土地的真相。但从来不说。

它属于梦。

瓜果,童年,清贫,生长出
一个有限的家族。
我可以看见父亲,
他在鹧鸪低飞的草丛里,
继续做梦。
他梦到一场大火,
烧毁他的庄稼王国。
他梦到一场大水,
催生他的花园。

腐朽的时光中,
他们相遇,乘船,
带着我……
前往大海,寻找遗失的
另一个孩子,一个梦想。

天仙配

蓬莱村的春天散发出腐烂的味道。
迷楼与永生,让我们绝望。

四月,补衣人飞走了,
带着人类的血脉。

戴斗笠的人,背对时光,
独自饮下黄縢酒。

织锦上的蝴蝶,从梦境中
苏醒,飞向朴树,飞向苍穹。

他携带尘土,在积雨云上安居。
人类的孩子,迷失在繁花中。

巴黎圣母院

四月的巴黎,塞纳河
生长出虚无的麦田。
沿着火焰的斜坡,
他卸下生与死的荣光。

石头的交响停了下来,
暧昧的面孔不停地减少季节。
守夜人,不再持灯,
从砾石小道上快速走过。

塔尖坍塌,他在
客观王国里得以永生。
记忆的镜面,微微
弯曲。

多年以后

多年以后,我赤脚
在沙滩行走,走向你
鲸鱼跃出海面,为你吞食
中年的黑暗
海豚长着一张婴儿的脸
眨着眼睛,对你微笑
木船,在银光闪烁的飞毯上
犁过贫乏的岁月

拂晓,你含泪
从冰块的巢穴中现身
飞向生与死的丛林
林间,涌荡着植物般的歌声
给予世界以轻微的劝慰
大海深处,七弦琴
悠然响起,摒弃繁华的谎言
劈开海水的墙壁,纯真山谷

在春天的雨水中苏醒

我从大地上来，我走向你
你从大海中来，你走向我
拨开悲悯的尘埃
我们在多年后相遇
我们互不相识

天山骑手

折翼天使骑着他的栗色小马
从博格达雪峰逶迤而下
松针铺落天山路
沿途的云朵纷纷避让
大雪纷飞的深夜
嗒嗒的马蹄声在幽谷中回响
他寂寞地寻找——
从他虹膜里驰骋而过的少女

哦,请不要想念我
我不过是一朵冷漠的天山雪莲
在星辰暗淡的时刻
抓住那短暂访问的彗星
上升,上升
错误的身躯,一直升到
神仙们的庙宇

骑手像走丢的孩子一般
在马背上轻声啜泣
他停下来,聆听
寂静的大海
在苍老的月光下低声吟唱

哦,请不要寻找我
我整夜漂浮在不倦死亡的湖面
我焚烧时间的床单
天山之瓮盛满尘埃和虚无
那里有一颗心灵
曾经完全属于你

家国来信

通过加法,
你占有更多的星星。
明亮的,晦暗的,
浩瀚天宇间,沉默的天平。
语言的灰烬,夜光纤维,
……微弱的制衡。
自我流放中,一封
家国来信。
被撕成碎片。

你从森林里,
借来一根树枝。
手杖,一匹灰马。
逆流而上。
在千树繁花间,
抚摸水与土的伤疤。
每个时辰。

余 晖

余晖,黄金岁月的落叶,
以及它卑微的臣民,
走不出时代的星云。

邮递员超越堡垒,走向彼岸。
山与水,曲折的道路,
指向迷途,一个微笑的国度。

菊花藏身在墓草中,匿名的火炬。
傍晚,冰雪少年的幽灵指认出:
那个为了三十块钱而亲吻他的人。

绒花闪烁,降落在江雪之上。
单调的歌声来自摩羯座,
如同啜泣,深井中的回响。

见 证

墓草，覆盖了所有的遗产。
包括散佚的焚书。

附地菜，越过碎石，
点燃火烛，寒星般的存在。
轻声宣告：
另一个季节。

黑暗塔楼再度复活。
在花开的低声部。

蛩蝓从地下，捎来口信——
朋友们将在山冈上重逢，
桃花和酒，同时抵达。
最后的见证。

灯 塔

春山，子弹，病毒，
火焰纹章的召唤……

午夜，我们从自己的小径出发，
穿越杨树林，向灯塔走去。
哦，谁在灯塔里哭泣？

凤尾蕨，荨麻——
幽居的炼金术士走出家门。
戴面具的微物之神
悠闲地剔着指甲。

我们在黑暗织就的天空中相逢。
我们走，向梦中的灯塔走去。

灯塔在哪里？
哦，我们看不见。

晚风谦卑地吹拂山林。

它正在我们的体内生长。

白　鹳

——给风华，为《另外的时间》而作

你像白鹳一样，穿行在荻花中
从稀薄的泪水中淬炼出黄金

在孤岛的洼地间
你弯腰，捧水，洗去脸上的尘埃

天鹅落下一片羽毛
你把它做成一支笔

虚无的潮水从海上涌来
背包里的笔记本，出现一行行诗

你的咖啡新娘，你的黄色玫瑰
没有水果，却有"人间以外的甜美"

回　家

走过一座座村庄，才是你的村庄
走过一个个小镇，才是你的小镇
跨过一条条河流，才是你的河流

苹果点燃满树星辰
照亮回家的路

瞧，那只海鸥
正从童年的大海上飞回来

院　子

荒芜的院子里
某种秩序得到继续发展
青葙、椰榆与红花石蒜的形态
被建立起来
在漫长的葬礼上
我们尊重羞怯
——垂下眼睑

稻谷在细雨中颤动
我们蹲坐在门槛上
说起又一个秋天
哦，我们仅属于矿石
在空山里，在暮色中
分泌出黑色的笑声
没有任何秘密
俯身于尘埃

庵 桥

夜晚的门神坐在石墩上
手指云枝间的明月

我们从庵桥上走过
我们从七浦河上驶过

你认识河流,月光中的少女
她清贫地躺在破碎的镜子中

你热爱石头,存在的凭证
流水日夜教诲它们

肾蕨,面向古老的深渊
寻找着脸,一颗微暗的星辰

一抬头,我们就看到瓦松新娘
独立在江南的风雨中

过郏县三苏坟,兼致山羊胡子

从苏辙的坟边捡起一块清瘦的石头
我把它送给清瘦的松山

他一边摩挲,一边啧啧称叹
但最终还是听从了林壑泉声的告诫

小心翼翼地把它瘗埋在尘土里,并盖上松针
如同苏辙埋葬他的哥哥苏轼一样

他从福拉王河滩捎来一片白云
送给我,像送我一只白色的山羊

微醺的黄昏,牧羊人举起他的鞭子
越过青春的构树,挥向钴蓝色的天空

陌生的爱人从树梢间降落
他的绿色新娘在河谷中迎风奔跑

过龙苴古城遗址

天色黯淡下来
牧羊人挥霍虚静的光阴
山羊携带着苍耳子
消失在古老的土墩下面

恪守着与土地的契约
我们把播种机开进
祖先的家园
五六只麻雀,在余晖中
无缘无故地飞翔

月亮从泥土中升起来
哦,它并不纯洁
我们停下脚步
从暧昧的光芒中
辨认出另一个自己

我们曾经如此热爱
树冠上的生活
当然也是选择与忍受
不必掩饰,这就足够了

姑苏见

——平江路流水

臧北和他诗中的妻子来到平江路
我们先去买几只鸡爪子（当然你说凤爪也没人反对）
然后就去寻历史学家顾颉刚的故居
臧北说，历史街区应该能碰到历史学家

我们在悬桥巷里溜达，看到了
大清状元洪钧的故居
事实上，他的第三房姨太太赛金花更有名
他们的风流韵事和门前的金银花一样
在五月的午后，灿烂地开放

我们到花溆茶馆，点了壶碧螺春
有个愣头愣脑的小娃娃
坐在婴儿车里，朝我们傻笑
河对岸，有位少年在钓鱼
没有鱼儿咬钩，但我们还是称赞他的智慧

臧北说，婴儿与少年，真是不识愁滋味啊

吃完茶，我们去混堂巷吃馄饨
这家店名为弄堂馄饨——
老夫妻俩开的夫妻店
我们要了三碗荠菜馄饨
臧北说，出来混不就是吃馄饨么

麦 田

每到霜降，我们一家人
都会跑到海边的悬崖上，种下麦子

第二年芒种，我们就去收割
那些黄金般的麦子，最好抢在麻雀的前头

收完麦子的田野
只剩下坚硬的麦茬

有几个陌生人走来走去
也许他们从海上来，也许他们要到海上去

每年种麦子，收麦子
我也去麦田，只是抱着双臂

在那里看看，像一个前来观光的外人
海上来的雨会淋湿我的全身

我们献出双脚……

我们献出双脚
那是五月的牧场

我们献出双眼
那是浩瀚的海洋

我们献出嘴巴
那是语言的疆域

我们为沉默建造房屋
在巢穴中生活

我们直起身,擦去汗水
使自己看起来,更像一株植物

故黄河

风和水,运来泥土与苦难
卜居于河湾的祖先
在余晖的虚无中
建造房屋,一次又一次

沉默的河滩,黄色鸢尾的渴望
白光闪耀在贫乏的人间万物上
沙土与哑巴的子嗣
饮下永不休止的河水

饥饿的波浪变身为少女的秀发
寂静家园指认出自己的音调
绿色的月光中
那只大手,更为厚实

在棕色的童眸里
我们看到白色的鸟群

从燃烧的国度中飞起来

飞过光与尘的河岸

乡村学堂

他在祠堂那边晨读

炊烟升起,塔楼上的钟声
就"铛铛铛"地响了起来

他用光,用冰凉的黎明
测量童年的寂寞

他在池塘那边歌唱

微弱的声浪飘过水面
一个自我的大海开始涌动

那么多的时光,那么少的音符
如同一个白色梦境

夏牧场

从阔克苏河谷出发，
我们走向童年的牧场。

废弃的木屋，
没有人居住。

一只乌鸦，站在
朽烂的木栅栏上。

青草走进庭院，
低声尖叫。

喧嚣的野花，捎来
季节的判决。

钉马掌

他们把那匹枣红马
拴在杉木做成的马掌桩上

反戴遮阳帽的男人抱着马的小腿
穿藏青色夹克的男人端来一盆清水
清洗沾染苔藓与碎石的马蹄

锤子轻轻敲击铁钉
发出清脆的响声
如同轻声哼唱的小曲,汇入
库尔代河欢腾的河谷

马儿打了个响鼻
钉马掌的人直起腰
停顿片刻,抬头看见
山头——堆积着
一年又一年的白雪

杂　竹

江边小道，杂竹丛生
野生的固执，零乱且蓬勃

晚风多在歧路
更多的云，更多的世界
正越过边界

黄河入海口

我们在海滩上一直走
大海离我们很远

河汊的尽头，矗立着
一座废弃的灯塔

溃烂的地表上
碱蓬开出星辰般的红花

柽柳带来失散的消息
白鹳卜居在电线杆上

有时，他们飞起来
零落在青天之外

我们走到黄河边
大水依然浑浊

我们拣起土块，扔到河里
没有溅起一点水花

一封信

季节的信使
越过黄昏栅栏
递给我一封信

踩着荆棘
我整夜读它
蓝色的信纸
一页连着一页

空白处,留下
沉默的阴影
依靠妈妈的霜鬓
我忠诚于
我的夜晚

在雅安

青衣吟唱秋水的歌谣
千山万壑之后,是更高的心灵

我带着一片东方树叶
从扬子江中来到蒙山顶上

我手持一面镜子,在雅雨里奔跑
为了洗去蒙尘的隐喻

一群白鸽停落在树上
静候雪山骑手的消息

二郎山下,我摘下一朵曼陀罗花
从村子里走过,从人群中走过

安心此处,群山无言
我们从头颅中取出那枚宝剑

封门青

烛光下的封门青,被雕琢的命运
从一个又一个时代的底片上
向后来者显影,呈现出
不可捉摸的纹理
其中有美,也有绝望

晨　曲
——为林如奎先生石雕而作

顽石之中
陌生人从刀下走了出来
他剔除沉默的阴影
为永恒的谷物立下誓言
一片想象的大海
迅疾被时间的刻刀所占有

他攫取燧石的意志
点燃清晨的星辰
众树生出枝条
群鸟打开歌喉

第二次死亡之后
那枝孤傲的梅花
在石头的心脏里绽放

震 泽

看不见的人们
在禹迹桥上走来走去
我们能闻到他们
在黑暗中飘荡的气息

从石阶上走下来
俯身进入你的河流
你沉默的太湖之镜
你古老的沼泽之心

紫薇探身于运河之上
遗忘光,喧嚣,及自己的面容
死亡与复活交替的枝头
挂满了黑色的蒴果

风声,铃声,鸽子的呼唤声
河水与夕阳,不辨真伪的命运

在慈云寺的塔影下聚合
你默默点燃那盏红灯笼

我们喝茶,谈论不确定的花期
张开笨拙的嘴巴
却再也吐不出莲花
"请不要欺骗那片星空"

请把我们收留
收留在那座用水、月光与岑寂筑起的庭院
在这庚子年的尽头

完美世界

野苹果挂在枝头,没有人采摘。
世界的构成如此完美。

云雀从冷光中飞过,
惊扰云杉固守泥土的清梦。

溪流间的灌木丛,抱着石头,
戴着黑暗的面具,独享人间食粮。

罂粟花的时刻,横木抗拒着水流。
死亡的花朵开了又谢,谢了又开。

我们如此接近苹果,却不敢伸手。
……以免摧毁这完美世界。

第三辑

看不见的客人

离 歌

山水在谈话,云与雨的离歌。
迷惘的琴弦,理解
一朵玫瑰花的朽烂。

朝菌和蟪蛄,居住在石头中。
黑暗简化了事物的面孔。
理发师弹奏苍白的草茎。

一碗清水,尘埃的梦呓,
倒映苍老的皮囊。
墙上的人,没有头颅。

世界沉默如是,虚伪的影子
纷纷坠落,倦于贞洁。
羞怯的平衡木,走向远方。

对 饮

你苔藓的静默,
伫立在阔叶林的阴影中。

五月,风暴的峭壁。
你捡起松果,跨上灰马,
越过开满蔷薇的山丘。

一枚榛子,少女指南针。
你从尘世的烟霞中出走,
穿过坡地,走向林中坛城。

羽状的玫瑰火焰,在绿色星辰上,
燃烧。薄暮时分,我们取出烧酒,
对饮。一杯又一杯。

形与影,携手天地间,俯仰啸歌。

混同于野兽，载歌载舞……
震落树梢间无数的尘埃。

请 求

把原来的嘴还给我,
我要喝水。

把失落的双眼还给我,
我要巡视我的渺小王国。

把那把残破的瓦刀还给我,
是的,泥瓦匠的活计使我安心。

把愚蠢的权利还给我,
我要在梦中沉睡,永不醒来。

哦,羞于说出战栗的少女。
那是寂静的水蚌,最后的请求。

烛　光

终其一生，母亲走不出她的岛屿。
那溺水身亡的女儿。

看不见的客人从泥土里来，
把赝品塞给她。

月光与潮汐，涌动的悲悯之心。
哦，烛光，烛光在哪里？

她把自己变身为上帝，双手秉烛。
微暗的火苗，照见那棵弱小的向日葵。

梦　蝶

蝴蝶，从悲剧的土地里飞出来。
越过丛林，云层，污水塘……

在倾斜的日光里，寻找另一个自我。
燃烧的鸟群吞噬了他。

海的舌头，依旧被管辖。
山坳中的镜子，映照着庄周的旧梦。

慧刀已裂，我们背靠桉树，
麻木地蹭来蹭去。

有限的化城，从海面上升起。
我们明白但我们都不说：海鸥再也不会回来了。

止 酒

蝴蝶,在菊花丛中飞舞,
从柴桑到南京。
超越山丘,超越河流,
在风中旋转。

一朵玫瑰即将凋谢,
一艘木船即将启航,
止酒的人,请在二者之间
作出选择吧!

你从雪夜走来,
一身纯洁。
在火焰中旋转,
飞向蜡人的心脏。

我们躺在柳树下,听风,
凝望虚无的星空。

药石，流水与琴声，
坚固我们的内心。

操　场

哭泣的人走开了。
孩子们在这里做操,跑步。

推土机掘起尘嚣,
小树林里传来琅琅书声。

苔藓从他的头颅里长出来。
忍冬的高度,一个横躺在泥土中的人。

大海默哀,尖利的喉咙已失声。
我们摘下面具。

大地呼号,分割着黑暗。
严重的六月,绿色的声音正在生长。

云中鸟

隐逸的林壑已沦丧,云中鸟
飞过昙花庵,必然星球的眼睛。

漂泊者,曾经死过。
现在,他活着。
在无当的天空下,
啼鸣。

大江的罅隙,溢出
幽心。
是的,他没有子嗣。
蕉下的蝴蝶,
在死亡中受孕。

最快修复的

从河谷的斜坡上
我带来一把河泥,放在
玻璃瓶中
哦,还有一棵狐尾藻

从倦意的深涧中
我带来一块石头,作为
给你的礼物,把它
放在黎明的梦里

从被剥夺的故乡
我带来一朵白云,迎接
梅雨、闪电,与身份不明的来访者
在小山冈上唱起那首歌

最快修复的,是那些
反复消逝而又点燃的萤火虫

夤夜中沉默的种子
此岸与彼岸，同样发光

我认出了我的一位父亲

我从树上走下来
我认出了我的一位父亲
他阴郁,沉默
口中吐出一朵浑浊的云

我从花中走出来
我认出了我的一位父亲
他污秽不堪,满嘴淤泥
脚踩一片清澈的湖水

我从石头里走出来
我认出了我的一位父亲
他纯洁得呀,让我们羞愧
全身赤裸,双手长满了古老的苔藓

我从人群中走出来
我认出了我的一位父亲

他戴着面具与枷锁
正在表演永恒的傩戏

我从火苗中走出来
我认出了我的一位父亲
他提着一桶水
是的,他要浇灭我

夏　日

熏风与松涛的弥撒，
传遍五月的大海。

天空碎裂的钟声，迫使春天交出
迟到的冰块，以及暧昧的夜晚。

我们在季节的铜板上，蚀刻
一只斑鸠，一株羊齿植物。

提起一桶水，去浇
那棵唯一的果树。

五月的黄昏，我们弯下腰，
亲吻新生婴儿的脸庞。

膛炉，陡坡，闪电……生出羽翅，
为他熔铸——并向火焰致敬。

春之祭

人间食粮,坠落在黑洞里。

剩下多余的时辰。

卖火纸的孩子,走在哭泣的火焰中。

生与死,隔着一道竹篱笆。
我们爬到有光的山坡,采摘
最后两朵山茶花,相互馈赠。

爷爷安心睡去。永生的车厢。

苔藓与睡眠之间,伫立着
无尽的沟壑,一座恐惧堡垒。
丧失记忆的梦足以胜任。

哑默的黄金时代,藏匿

我们的童贞，我们春天的小步舞曲。

注：《春之祭》为斯特拉文斯基音乐作品。

无 题

墙垣擎起一朵蒲公英
你的悬崖,你的墓室

我,另外一个人
从桃花的影子下走过

翻译上帝的人疲惫不堪
吞下纸上的烟尘,作别黄昏

在忧郁的星云间,我们舞蹈
你的幻夜,你的国度

日暮颂歌

夕阳的轮毂,驶过
遗骸森林。
哑巴,坚守着岗哨,
他寂寥的归程。
避开围观的目光,
桃花含泪绽放。
看不见的客人,
卸下羽翼,
钻进黑夜的睡袋。
饥馑火焰,
越过山丘,越过阴影,
点燃延绵的长河。
血色黄昏中,
我们认领——
又一个江南,又一个
落花时节。

祝英台

鸽子与子弹，飞越墓地
你伫立在哀悼中
吮吸自己的拇指
两只飞蛾，从你滚烫的嘴中
飞出来

十八里小路，超越时光
已无从辨认
繁殖出无数忧伤的草木
在敞开的山谷中奔跑
想一个人，多么疲惫
放下多好，曾经的沧海
拆卸在凋谢的花瓣上

天籁与虚构
伴你长眠
饥馑的篝火

烧毁你的梦
一夜，又一夜

黑色的春天，贞洁玫瑰
坚守不断蜿蜒的溪流
你看见河面上
漂来一张没有字的纸片
沉默的信使带来口信：
睡吧，睡吧

清　贫

秋天，尚可辨识
乌鸫的女儿，衔来
一枚草籽

从山川的双眼里
我们接过一杯清水
里面有一匹白马
我们啜饮，饮下
尘埃，刀剑，星光

羊齿植物，像弥勒佛
结跏趺坐
背面，藏匿着
黎明的窃贼
心地善良的人们啊
要么视而不见
要么爱上他们的阴影

你悲悯的溪流
我芦苇的清贫
如此短暂的一生
如此短暂的耻辱
隐现在云隙间

弹钢琴的人

他的指尖里有一条溪流。
火焰,最后的皮囊,
在秋天的欲望中蜕去。
黑色的眼眸沉默,
关闭一扇小窗。

窗户纸上,琴声的曲线那么纯洁。
那双经历过暴风雪的双手微微颤抖,
像花丛下的少年,羞怯地
冥想苹果的芬芳。

弹钢琴的人,从桂花的故乡,
寄来一份单独的包裹。
哦,请轻轻打开它:
那首布满砾石的哀歌里,
开满了鲜花和星星。

秋　词

秋天，悲欣交集的时日。
母亲把床单扯得啪啪作响，
父亲在黑暗中种下土豆。
我走向我的林中小路，
然后返回，前面没有路。

冰期必然到来。
烈火摧毁虚构的石头——
无法把握的事物。
海水修复它们，并重新
赋予它们以生命……

寒鸦散落在孩子们的肩上，
在八月的黄昏，轻声啼鸣。
大象翻过山丘，穿越人群，
消失在栅栏后面。

夜晚，我们出门，
去寻找那条大象曾经走过的路。
岛屿，在我们的眼眸中，
寂静地燃烧。
是的，是有一条小路，
布满玫瑰与荆棘，
正一点一点地沉向海底。

雨　燕

寡言的雨燕
从老宅子飞出来

在凌晨的尘埃中
在腐尸的气味里

一个雨夜，到另一个雨夜
他吞食黑色的食粮

它不摧毁，而是循环
何时他能飞离这房檐

我的朋友彼得·潘

婆婆纳,躲在
喧嚣的森林边缘
我的朋友彼得·潘
碰了它
便永不长大

从走动的青草中
我的朋友彼得·潘
找回了自己的小伙伴
也许他们都老了
但依然如露水,如冰霜
一般青白

我的朋友彼得·潘
驯养了一只蓝闪蝶
他叫她"洛丽塔"
常停在铁栅栏上

有时她会飞出花园

却怎么也飞不出

彼得·潘的小小星球

给伟哥

一只蝴蝶
落在石头花上

花雨下的小路
伸向沉睡的山谷

你蹲在草丛中
捉两只萤火虫

女儿在小溪的对面
喊:"爸爸!爸爸!"

溪流在歌唱,我们
听到影子在祈祷

凝视的谷物

杂草肆意生长
我们能够接受
当我们拔除它们时
它们没有怨言

乌云的喧嚣
并未打破宁静
混乱的雪在冬天飘下
等到春天就融化,成为溪流

黎明点燃万物的繁霜
而黑夜收纳无尽的馈赠
农闲时,我们在河边
看到自己的面容

在树枝的最高处
沉睡者打了个哈欠,醒来

麦秆里的另一双眼睛
凝视走来走去的人们

从谷仓到墓地
只有几步
如果我们愿意
随时都能抵达

山鲁佐德

我们用瓷器建造祭坛
它恰好装满一千零一个夜晚

我们从博尔赫斯的梦中
盗来婴宁咯咯的笑声

我们随身携带移动的坟墓
用镰刀收割星辰,一个个梦境

面对镜子,我们自我催眠
迷途中,一场暴雨不期而至

集梦爱好者,从情人的骸骨中
复活最后的清晨,最后的爱

七场大雪

（仿豪格而作）

七场大雪
七斤盐
下呀下
从礼拜一
到礼拜天

七场大雪
七个情人
不碰头
从年初一
到年初七

七场大雪
七毛钱
人人有份儿

从小毛孩
到老太婆

海 边

海边的响云
惊不醒沉睡的人们
梨花绚烂,在春天
醉醺醺地巡游
水边的阿狄丽娜,不再流泪
弹奏出呜咽的琴声
她的瞳孔,展示
狼奔豕突的场景

狼群,猪群
超越人类
在三月的废墟里
一起飞了起来

牧鱼者

从童年的幽影中走来
我们穿过花朵飞舞的墓地

鼹鼠的洞穴里,我们窃窃私语
生怕惊醒那些死人的骸骨

灯枯时,海桐回到故乡
领取属于他自己的陌生荣耀

秋水时至,我们这些牧鱼者
不再辨别牛马,径直奔向大海

然而……

镜子给我们带来美
酒与河流带走我们的忧伤

童年的时光中
天气最为重要

衣裳的皱褶里
藏匿着种子的秘密

不！你曾经说过
然而什么都没有说

当春天来时……

当春天来时,我们走到春天的反面。

在我的私人国度。在我的花园。

没有阴影,欲望之树繁茂,如海。

那座小庙清凉自在,尚不为人知。

我的花朵,玫瑰的彗星,在暴戾中燃烧。

看不见的果实挂在无泪的天空中,果核坚硬。

我的幽灵,我生命中的第三条岸,独自留下,在春季的雪夜里。

在海棠的花冠中低语。

姊 妹

无花果的姊妹从来就不会打扮自己,
你把自己献给石头,你沉默的爱人。

你内部的玫瑰,在永恒黑夜里开放。
如果下雪,你的灰发便与遗忘交换信物。

园丁失望地离开了。
光秃秃的枝杪,不容掠夺。

你的血已流干,不再生育的姊妹。
从一个冬天到另一个冬天。

你忧伤的眼睑,在寂静的斜阳里,微微抬起。
在泪水火焰里,铸剑。

归　来

越过芦花、杂树与野塘
被刺的白鸽从迷途中返回
炊烟袅袅升起,亲吻金色天空
站在柴门前,却没有力气推开厨房的门

某一天,我回来了
那几颗玩过的石子还在屋檐下
棱角已磨平——
雨水教育了它们

村庄寂静,薄暮如水
侧耳聆听烟尘的声音
然而……什么也没有
后来,耳膜中似乎有些声响

我听到了儿时挂钟的"滴答"声
那么熟悉,那么遥远

站在院子里,从门外张望良久
脚下的泥土越发陌生

如果有人推开门问我:
你是谁?有什么事?
我将拍一拍带血的羽翼
从这里飞走,就像从来没来过

脚 注

海棠，从迷雾中现身
反对春天的人心生悲悯

夭折的孩子，从黑土地里
冒出来，他从地下带来一枚月亮

灌木丛下，藏匿着石头的清梦
从一本书始，到墓地而终

盲目的天使掠过人群
落在雕像上，虚构一种存在

铺满碎石的后院，浆果与凤尾蕨
为春天写下最后一行脚注

说　话

去年，你错过了花开。
剪刀在另外一个春天飞舞。

微醺中，女儿轻盈的足音
为你献上一首小诗：
哦，蔷薇女郎！

你用整个生命去品尝这小小的果实。
从体内的阴影中摘下来。

你们只在黑暗中说话。

大　水

一旦有一个孩子在大水中离去
迷墙上就会长出一朵小红花

当你驶过大海，你会
看到一颗星星坠落在水里

没有眼睛的雕像，没有青春的暗礁
交叉出现在十字路口

江豚在水冢间戏耍
他们给予孩子童年记忆

你绞刑架般的额头，倒映着
一片正在扩大的死树林

江鸥遗忘翅膀
从梦中的乡村飞过来

岭上的白云在黄昏时降临
向另一个世界飘升

阵　雨

他走过一座座村庄
看见过树木，丛林
经历过一朵朵玫瑰
他并不确定——
它们是否为他开放
他来到谁也不认识他的地方
他的星星依旧萦绕在头顶
他回忆起夜晚的菜畦
那些纯洁庄严的黑暗
虚幻的人群，玩耍的精灵

他把嘴伸向地下
吐出结石，和尘世的烟云
午夜的钟声赋予他勇敢之心
他像小丑一样，登上舞台
回报所有为他燃烧的星辰

他听见,从空中倾泻而下的

阵雨之声

花冠缄默……

花冠缄默,如避难所,
召唤布满尘埃的翅膀。

稻谷如故人,散落在荒野里。
那只斑鸠将它们一一捡起。
他已丧失歌喉,
羽毛正在脱落。

他转身,站在秋天的枝条上,
梳理最后几根羽毛。
在红色的眼睑下,
寻找雪,与泪水。

告 别

终有一天，你会看到我
看到我被泥石流所埋翳

你也会爬上瓦砾堆
越过忧愁，向更远的地方眺望

请你喝下那杯酒
向弹琴的人走去

如果你穿过广场
你就会忘记一切令人哀伤的事

焚烧时间的挂钟
在黎明时分停止摆动

冬 天

他从柴火中取出瓦罐
瓦罐里有热水

他就用这少许的水
擦我的手,洗我的脸

屋外,大雪纷飞
巢穴里的种子开始歌唱

回家之路

田埂通向更纯粹的土地。你离开家门,
我在又聋又哑的旷野上走来走去。

你从灌木丛般的旧时光中爬出来,
浑身是血,战栗的眼睑紧紧闭合。

请指给我河流的方向,我的忧郁水手。
请取下我的帽子,我的死亡新娘。

黑夜救赎我们,从不曾缺席。
别担心没有柴火,星辰照亮回家之路。

逼近晨曦的黑色契约已经作废,
而我们,交给大地的只有灰烬。

这时,我变得很富有,
采摘一朵蓟花,献给你。

寂静邮局

寂静邮局,站在
海边小镇的边缘。
一只乌鸫,从屋顶的斜面上降落,
降落在绿色邮筒上。
一切喧嚣都停止了。

那封信,从黄昏出发,
从潦草的童年出发,
越过所有的大海,所有的墓地,
其实,它还没有写完……
就在不期而遇的暴风雪中,
消逝,成为自然的一部分。

邮递员送出的是谜语,
谁也不知道答案……
耳中的火焰已熄灭,
土豆会在来年发芽。

我们热爱那些稀饭和咸菜的日子,
——每个人都能找到自己的庙宇。
当然包括一碗忧郁的清水,
以及我们幽蓝的面孔。

寒星透过栅栏,凝视着我们。
在那麇集而又散开的人群中,
只有你——从不开口的孩子,
才看到微弱的光芒。
但你,一直保持缄默。